僕らの言葉は稚拙で盲目的だが、未完成の条件だ

竜大介詩集

書肆神保堂

目次

僕らの言葉は稚拙で盲目的だが、未完成の条件だ
我らが時代に
Die Kristallnacht
春をひさぐピエロの告白（仮題）
彼女を・抱いた・五分後に
翼の代償
スカートめくり
メトロにて―無限階段のダンデライオン
物語終了ののち、全員病死―あるいは僕は Day Dream Believer
ピエタ
殺戮すべき多くの世界
殺戮すべき多くの世界―道化師
喉の渇いたビースト
息吹
WRENCH（レンチ）
蝸牛の螺旋
鈍いナイフで
a dull knife -the Holy night
a dull knife -Holy night（和訳）
ルーシー
グランジのハムスター
大地の女神

Bang!
眠り
フリュクテドールの翼
僕らは / 世界を /

　　　　僕らの言葉は稚拙で盲目的だが、未完成の条件だ

　　　ぼくの兄弟よ
　　　はじめに生まれた子どもは
　　　犠牲(いけにえ)としてささげられるならいだ
　　　ぼくらは、はじめに生まれた子どもなんだ
　　　　　　　　　　　　　　　Ｆ・ニーチェ

今夜ははやくベッドにはいろう
明日はいよいよ旅立ちの日だ
試練をうける旅立ちの日だ
試練をうけると
身体は乱れる
乱れからは哀しみが生まれる
ぼくらの時代の
冒険者は
あらゆる神秘だ
その果てにある
「世界像」をみつけるんだ
それは
きっと
首の無い
腕の喪われた
翼の像

ピグミー
マグロブ
アセファル
そして
今夜は
セラフィムの夜
どうしたのだろう
今夜はねむりが
遊びにこない

おかあさんは言う
―眠れないのは
おとうさんを
壊してないからよ

ぼくはうなずく
そうだ
忘れていた
これだから
旅立ちの夜は
気をつけなければいけない
うっかり
お父さんの頸を絞めるのを忘れていた

―いいですか
おやつは三百円までですよ

そういえばバナナはおやつに入るのかな
準備を終えると
身体は汗だくだ
頬にもひとすじつたっている
ねむりはまだ訪れない
うつぶせになるとぼくは笑いをこらえる
月もぼくを嘲笑っている

我らが時代に

我らにとって
社会から
希望できるものがなにも無いと言えるだろうか
制度や慣習というものは
或いはリゾーム
トゥリー状
時には
共同体を縦軸に
君を横軸に
犯すのも
獣を
やめるには
必要だ

―ですが
僕は
魔力をもった獣で
ありたいのです！
会員から
外れることは
生きては
いけないことですか

機械的運動は
夢や
才能を
開花させますか
技巧を凝らした
牢獄の
床上手は
宿命を退ける
祝祭には
なりません

単調な
繰り返しは
不運や幸運や
才能に
幸福の煙草は
与えよう
会員の
海域や
保証や保険や
リスクヘッジや
要求や
嘲笑いや
ゆったりした
反復や
せかせかした
歩調や

のたりと嘲笑う
だいだらぼっちや

虚ろな巨人は殺しましょう
盟約の無い
危険な
魔境に
危険な
野蛮を
冒すのです
―要領のよい
小利口な
仲間もいて
親もいて
普遍に
和を
大切にする
そんな奴には
自殺を薦めるほかありません

一見
温順な
優しく
たおやかな
射精の後も
かいがいしい
それが本質であるけなげな風土から

脱け出せるものだろうか
生理が
肉体が
精神が
ひっきょう
限界は
至るものでは
ないのだろうか

転がり墜ちる
断崖の縁
団塊を
弾丸の如く脱走し
―僕は弾劾するのです

堕ちて
帰れなくても
いいのか
ひゅーまにずむを
捨てるのか

そんな
青さは
ほしがりません
忘却の空を
撃ちましょう
薔薇色の日々へ還るのです

炎の無い夜へ還るのです

未開の
力を
手に入れることを
まことの
射精を
快楽を
大地は
赦さない

僕だけの
力を
野蛮な勇気を
力の糧を
盾にします
それは
月を浴びて
ぎらぎら青い
矛なのです
不易の
世界秩序を
革す
野蛮な世紀の旗手なのです

Die Kristallnacht

かなしい警笛(サイレン)が聴こえる
――警笛は道化師の角笛だ
音はさまようように
ほえるように
うろたえ
うったえ
砕けた
　　ガラスがわれる
少年は
ないた
嘲笑(わら)いながら
老婆が
なぐさめる
水晶の夜だった
　　脱水したのか
逃水なのか
喉が渇いた
夜は
マリィに
欺かれる
道化師は戯れに
夜の手紙を

届ける
それは
異国からの
　マリィは
一つしか
うたを
知らない
子守り唄だ
私の赤ちゃん
さよなら
私の赤ちゃん
　はじけた
フィラメントが
きらきらひかる
溶けたトタン屋根に
有刺鉄線の
昏い河で
頽廃藝術展を
うたっている
嘲笑っている
懲りない
夜が
八月の乙女に
恋をしている
仕方がないので
道化師は
異国からの手紙を

もう一通
届けた
今度は
異国に近い
長崎だ
　逃げ遅れた
老婆が
アーッと
わらい
つぶやいた
―今年の夜には困ったものだ
熱い
夏なら
氷雨が
欲しいのに
降るのは
黒い雨
ばかりだ
　道化師がはしりさる
はじまりの角笛が響く

春をひさぐピエロの告白（仮題）

老いた道化師はつぶやく
それは
堕天使である
悪夢である
夢魔である
鏡の中の鏡だ
残酷が
支配する
優しい少女だ
眠りを誘う娼婦の
慈しむ
夜がロープを紡ぐ
か細いロープの上を
歩く
舞踏病の少年
無駄な
吐息
ひとつない
軽やかな
ステップは
病んだ者のみが赦される
アリスへの

求婚
老いた少女はつぶやく…かつて
少年だった
青年だった
自分を
鏡の中に
探す
一瞬の蜻蛉(かげろう)に
それをみつけるが
病んだ鏡は
道化師を笑う

彼女を・抱いた・五分後に

ひさしぶりに逢う彼女は見知らぬ指輪を薬指にはめていた
その夜
彼女の部屋で
彼女を
抱いた
その五分後に
ぼくは
彼女に
別れを告げた
泣きながら
彼女が
理由を
とう
ぼくが
指輪をさすと
ぼくが
買って
くれないので
自分で
買ったという
不器用な
彼女のことだから

きっと
真実
なのだろう
あんまり
いとしいので
たまらず
ぼくは
彼女を
ころした
壊れた
彼女は
うごかなくなった
そうして
ぼくは彼女を手にいれた
不思議なことに
首を絞めたのか
ナイフで刺したのか
或いは
したのか
残念なことに
ぼくは
なにも
憶えていない
それが
彼女を
手にいれた
唯一の瞬間

だろうに

翼の代償

僕は待つ

少年は
自身が
登場する
装置を
待っていた
それは
世界が
軋む
夢
演出は
いつか
彼を
殺してくれる
少女
修正を
繰り返し
繰り返し
同じものを
演じる
未開の魂

聴こえてくる
新たな
倫理を
従え
従え
真夜中に
少年は
うたう

いつからだろう
毎夜
繰りかえす
黒い夢の作用が
鈍いcuchilloの
きらめき
僕を
切り刻む

爽やかな
明け方の
風が
吹くまで
射精のない
演技
明けの明星に
気づくと
少女は

再び
修正を
はじめる
少年の目覚めとともに
役割は
代わり

―はじまりの終わり

少女の
無垢の
翼を
黒曜石で
僕が
塗り潰す
一日を
賭けて
うっかり忘れると
陽の光で
透けて
溶けてしまう
欲望の翼を
針で
縫いつけ
眠らせるんだ

少女が

起きると
夜が
はじまる
少年は
黒い夢を
むさぼる

スカートめくり

スカートめくりに憧れている

困ったものだ
もう二十五になったというのに

あと五年もたてば
りっぱな「おやじ」ではないか

なぜ
スカートめくりに憧れているのかって？

それはぼくが
おさない頃
少年であることに失敗したからだ

なにせ、小学校の
卒業アルバムには将来の夢を
考古学者と書いたぐらいだから

あの頃、ぼくは
すかしたガキだった
―スカートめくりなんて格好わりぃぜ、なんて思っていたのだろう

ボリス・ヴィアンの
〝僕はスノッブ〟を原詩で歌い
昼休みには
司馬遷の『史紀』「項羽本紀」に読みふける
とにかく、いけすかないガキだった

ガールフレンドは当時もそれなりにいて
二人で一緒に花をつんだ同級生の女の子
休みの日には
本を読ませてもらいに行っていたお屋敷で
いつも甘いお菓子をくれる優しい老婦人
二人とも
あの頃のお気に入りのガールフレンドだった

中学からは
運動に目覚めたため部活にどっぷりだった
その後ずっと、体育会系〝バカ〟野郎だったぼくは
大学をでた今も
トライアスロンに参加するために体を鍛えなおそうかと、考えている始末だ

え？
「少年にもどれたら何をするか」って？
馬鹿なこときくなよ
スカートめくりをするに決まってるじゃないか

メトロにて―無限階段のダンデライオン

無限につづく
階段をのぼると

月曜日の都市が
ぼくをおそった

―かえりたい
となきわめく

そんなぼくを
月曜日の都市は
げつげつ
嘲笑った

無限階段の先では女子高生が
ぼくを誘う
火曜日はひねもす火遊びの昼下がり
灼りつくように
都会のヒルは
ひであがるぼくをひずませた

水曜日はオアシスデー
ぼくのこかんは大安売り
たくましい女たちはみずみずしく
水子とともにぼくを潤す

木曜日は樹木の日
種子と苗床をこしらえる
もくもくとはげむ内気な
ぼくはガーデニングなクラーク・ケント

金曜日
「今日は花の金曜日だね」と恋人にいったから
「いまどき花金だなんて」と嗤うので
めんどうになったぼくは恋人を花に変えた
金曜日は魔術記念日
金曜日のぼくは無敵に裂きほこる
金曜日のぼくはフラワーマン

どろどろの土曜日
あらゆる場所に花束を
つくりすぎたぼくは
無限階段にさき誇る花の匂いに二日酔い
ライラックの香りも―あるいはリリックの香ばしさも

ぼくにはただ騒騒しい

しゅうまつの日
「日曜日よりの使者」はぼくをどこへもつれて行ってくれなかった

フラワーマンは枯れはてた

あしたからは狂おしい月曜日
花を咲かすこともできない
ぼくは憂うつなフラワーマン

物語終了ののち、全員病死―あるいは僕は Day Dream Believer

冬が終わる
雪どけの足音とともに

あるきだしてしまった

おばあさんが
編んでくれた
セーターを脱いで

うしろをふりかえるが
もうおそい

靴を買った

とりかえしの
つかないとしに
なったのだ

いかした黒い
boots を買った

むげんにじかんのあったあの頃

むげんにじかんがあるとかんじたあのころ

一あしをふみだす

さびしさを初めておぼえたあのころ

lilac の音

鈍い雨

あるく

そしてぼくは
ひとこいしさに
いきぐるしさを
おぼえた

日常の澱

あるくんだ

いつか

歪んだ地平線

はしる chopper
手にいれるまで

あのとき
僕のポケットから
世界はとびだした

ピエタ

午前三時の地方都市
天使は堕ちて
眠りについた

眠らない店では
ぼくの母親
新しくもない春をひさいで
ぼくに透んだ白米を与えてくれる

透んだエアーを
嫌って
ぼくは
セブンスターに
灯をつけた

霜がみつからないので
零度の触感を求めたぼくは
アスファルトの大地に臥した

さっきたべた
夕げは吐くまいとしたがくちびるから流れてしまった

野良犬がぼくを
みつける

凍える牙
と白い吐息

―獣の臭いは青く

どうやら野良犬にさえぼくは
あきれられたらしい
できたばかりのトモダチは
夜の都市を
切り裂いて
はしりさった

百メートルさきの店では白い女性と黄色い女性が青い春をひさいでいる

どうやら
ぼくの故郷は病んでしまった

ぼくの都市を歩く

西の空が
白みはじめた
どうやら

この都市では
西から日がのぼるようだ

―本物のお日さまはどこにもみつからない

そろそろ
新聞を配る時間だ
ぼくは
あけの明星へと
はしりはじめた

殺戮すべき多くの世界

ぼくは歩く
いのちの続く限り
老いて自分の心折れるまで
気がつくと視界歪んでいる魚眼レンズで世界を覗くよう
ああぼくはただひたすら地平線へとつづくやさしさを求めた

歩くことは謀略だ
走ることは暴力だ

青空に憧れて
上をみていたら
気づかないないうちに足もとの蟻を踏みつぶしていた

歩くことは暴力だ

世界につばきを吐きつけてぼくは歩きつづけよう
ああただひたすらにはやさを求めて

速度

速度

歩くことは暴力だ

速度

速度

速度

速度！

餓えている
ぼくは歩く
憂えている
ぼくは歩く

ああ誰か
ひとを傷つけても嘲笑っていられる狡賢さをぼくにください

美よりも残酷な
色鉛筆でひいた
青よりも速く！

歩くことは暴力だ

グランジのスニーカー大地を踏みしめ
ぼくは歩く

歩くことは暴力だ

お父さんはぼくに言った

大切な人には限りなく優しく
そうでない人にはどこまでも残酷に

ぼくにはお父さんの言葉の意味が一生わからないのかもしれない

だからぼくは走る
だからぼくは歩く

ああぼくにはお父さんの言葉の意味は一生わからないだろう

歩くことは暴力だ

ぼくは歩く

ああどうして
ぼくには
翼がないのだろう

そうして青空に焦がれて
ぼくは歩く
足もとを歩く蟻を踏みつぶしても

澄んだエアーのなか
色鉛筆でひいた
青よりも速く！

ぼくは歩く
いのちの続く限り

地平線まで続く限りないはやさだけを求めて

殺戮すべき多くの世界―道化師

僕は父さんのお墓へ行った

遠くで電車の音がする

風邪はこじれて胃腸にきたらしい

あのジグソーパズルを完成させなければならない

胃の内から心臓はせりあがり

お父さんは
気ちがいだってさ

胃ごとレールをはずれ暴走

みんながいってた

しだいに
近づく電車の鼓動

胃からこみあげる苦い振動

お父さんは
気ちがいだってさ

痙攣する心臓
嘲笑はとまらない
ジグソーパズルは完成させなければならない

母さんはいった

空の破片がみつからない

これは
僕の青い空

まだ

あの人はやさしすぎるの

まだ

世界に
一人でたちむかうの

誰にも渡さない

他人の
悲しみを

背負ってしまうの

まだ僕ははなにもしていない

だから
少し病んでいるの

なにも知りはしない

どこへも行けない

幼い妹は言った

全てをみる

サーカスに行くんだ

車輪はトランペットを奏でた

綱渡りの網膜は雨を弾き
電子は転移

道化師は警笛をくちずさみ

ぜんまいねずみは手のなかで暴れる

アルレッキーノは陽気に笑った

パパは私を見るとき
いつも優しい眼をしているの

全てを憶える
何も忘れない

でもパパは私を見るとき

僕の狂おしい cuchillo

パパはときどき
私よりもかなたをみているの

舞台の道化師

瞳の久遠を
観ているの

場違いなこの世界で

曇空のなか
鈍く光っている

父さんは
愉快に笑った

ぼくは狂おしい cuchillo

ぼくのお父さん

ぼくのお父さん

ぼくも
気ちがいだってさ

間違えてはめられたジグソーパズル

ぜんまいねずみの空色のパズル

喉の渇いたビースト

美よりも
速く

おれは

死よりも
青く

おれは

少年の衝動すら
淀んだ

けものは
叫ぶ

少女より
残酷な

硝子の繊維

日常の澱

冬のセーターより暖かく

切実な

かなたのなゆた
那由他の彼方で

だれか

音楽より
苦しく

だれか

決して交わらない
二本の直線

狂おしい
静寂

ねじれる
ねずみ

世界の中心で

だれか！

青空

救ってくれ

海燕の羽音

守ってくれ

静かな青い争い

だれか！

鈍いナイフで

やまあらしの連鎖

神経繊維

切れるように青い

おだやかな
戦場で

誰か　おれを

救ってくれ

息吹

不用意にも風邪を
こじらせた

こんな夜は
狼憑きに気をつけなければいけない

持病の喘息と鼻炎が併発する
呼吸困難で視界が歪む

ほしい

少しでも呼吸を楽にしよう
洗面所でうがいをする
鏡には涙を浮かべながら咳をする俺がいた
貧弱な体で
憤る

おれがいた

…ほしい

requiem に

耳を尖らす

おれがいた

いちご水

情欲にも似た
G線上の

洗面所の申し訳程度にある窓
月の光が微かに
揺れていた

逆毛が背中を走る

どこからかブルースが聴こえる

ガガガガガ

おれは欲しい

翼はとうにあきらめた

洗面所の申し訳程度の窓からは
おぼろ月がぬるい光を
はなっている

こんな夜は
狼憑きに気をつけなければいけない

ガガガガガガ

赤い月

俺の喉がギチリと
たわんだ
悲鳴をあげようにも
息ができぬ

月が俺を嘲笑っている

翼もとうにあきらめた

暗い路上では
狂おしい cuchillo

月を浴びて
鈍く光っている

WRENCH
<small>レンチ</small>

おまえは
いつも
怒っている

世界に
怒っている

おれに怒っている

おのれに怒っている

世界と闘争する

おまえは
うつくしい

勝ち目のない
戦い
怒っている

おまえの
背中には黒い翼が

おまえは
いつも
怒っている

怒りすぎて
気づかずに
足下の蟻を
踏みつぶしたこと
怒っている

青空へ
翔びたてる
こと知らずに
怒っている
おまえは
狂っている

おまえは
いつも
怒っている

―おまえは
祈っている

蝸牛の螺旋

水平線のかなた
世界の果てで

空と海が
溶けていく

僕は電車から海を眺めた

破線を殺す
潮騒の白

静寂は
鼓膜を破り

僕は
もう何も聴こえない耳にむかってささやいた

君を忘れない

蝸牛管からは
囚水が滲み

海さえも瞳に宿した
君はもう
どこにもいない

あの夏
ただ
海だけが聴こえた

電車は芽ヶ崎を
すぎた

水平線のかなた
世界の果てで

空と海が
溶けていく

鈍いナイフで

鈍いナイフを
とぎ澄ます

真っ暗な部屋で
ひとり
とぎ澄ます

ひと突きで
心臓を貫くように

ぬたりと
からだを
貫くように

錆びた拳銃を
組み立てる

静かな工房で
ひとり
組み立てる

一弾で

こころを
貫くように

めたりと
脳みそを
吹き飛ばすように

a dull knife -the Holy night

I stand alone with the modelgun,
I look up the night in the desert.

I stand alone with the modelgun.

Mother goose sings,
"When the blazing sun is gone,
When he nothing shines upon,
then you show your little light,
twinkle, twinkle, all night.

Then the traveller in the dark,
Thanks you for your tiny spark,
He could not see which way to go,
If you did not twinkle so."

I stand alone with the dull knife,
I look up the night in the desert.

I stand alone with the dull knife.

I walk alone,
Cutting off the dark with the dull knife.

a dull knife -Holy night（和訳)

ぼくは
モデルガンを
握りしめ
夜の空を
みあげる

モデルガンを
握りしめて

マザーグースは
うたう
「ぎらり輝く太陽闇に沈み
照らす者無くなると
おまえのかすかな光みえる
一晩中またたいて

闇夜たどる旅人
輝き求め
おまえの光
砂漠てらす
灯台となる」

ぼくは砂漠に
ひとり立ち
空をみあげた

ぼくは
鈍いナイフを
片手に
夜の空を
みあげた

鈍いナイフで
夜の闇を切り裂いて
歩くために

ルーシー

くらいむ
黒い虚

視界透きとおる
なにも映らない

くらいむ
黒い夢

黒く安らか
蟲もうろつかない

なにもない
なにもない

壊れた女の子
組み立てるのは
もう無理だろう

壊れたギミック
青い爪ひきちぎったのはおれ

るーしぃ
るーしぃ

おれはここにいる

るーしぃ
るーしぃ

誰もいやしねえ

むきだしの神経繊維
悲鳴をあげる

われた硝子で
けずりあげる

紅い花
谷間の流れ染めたら
鈍いナイフ
刺し貫くぜ

るーしぃ
るーしぃ

どこにいるんだ

世界を旅しても

ミツカラナイ

黒く安らか
だれもいない

ちぎれた少女
壊すのは簡単

壊れたギミック
黒いくちづけ
ひき裂いたのはおれ

るーしぃ
るーしぃ

誰もいやしねえ

ルーシィ
ルーシィ！

おれを救ってくれ

ルーシィ！
ルーシィ!!

グランジのハムスター

狂ったラット
ラベンダーの香り

脳死の子猫
しゃぼん水に沈める

騒がしい沈黙
狂おしい静寂

跳べるんなら
跳んでみせろよ
はじけた弾丸みてえによ

おれは
落ちる
校舎の屋上
あの子の顔が
逆さにみえて

あどけない赤
目に突き刺さる

騒がしい沈黙
狂おしい静寂

うんざり
もっこい
ピカレスク

弱者弾くくれえなら
自分が消えたが
座りがよい

地球から
ひとつ
重力子消えた

翔べるから
翔んでみせただけ
はじけた弾丸みてえによ

とべるから
とんでみせたら
グランドが
赤く染まった
はじけたトマト
みてえによ

大地の女神

世界は
拡大し
縮小し
そして、ぱちんとはじけた

Bang!

八月の終わりに / ぼくはきらきらひかる / ものをみつけた
きらきらは / 自由 / だった / ぼくは / あいつと / きらきらと
競争することにした
きらきらと闘うんだ
きらきらと速さをきそうんだ
もしも / ひかりより / 速かったら / ぼくは / ひかりよりきらきら / ひか
れるだろうか / あるいは / きらきらひかる奴隷 / になるのだろうか
太陽を浴びて / ぎらぎらかがやく
ピストルから / はじまりを告げる / 射撃音が / 響く
きらきらと眩しい / 八月がはじまる

眠り

真っ白な
太陽のかほりのする
シーツで
ぼくは
眠る
胎児のように
ひざを折り
こしを曲げ
世界の卵を抱きしめながら

フリュクテドールの翼

八月はリンダ
八月はくるおしい

八月はウルトラマン
八月、セ・ラ・ゲール

八月、白い帽子が舞い
八月の恋に終わりを告げた

少年は八月の空を見上げた

八月は翼だった

八月はセカイだった

ひこうき雲が
ウルトラマリンの
空に水平線を
描く

―それは
八月のあおいしずく

八月の白さ
八月の雪
八月のノエル
八月のサンタ・クルス

八月の青さ
八月のにがさ
八月の哀しみ

――あるいは八月の怒り

そうして
青空を
夏がはしり去った

海辺には
折れた翼

うっかり者の八月が
もって帰るのを
忘れたにちがいない

僕らは / 世界を /

少年と少女 / 十六の夏 / 二人は / バイクで / 海に行った
毎日の儀式だった
少年は海が好きだった / 幼い頃から自分の部屋で / 海を入れた水槽に / きらきらひかるナポレオン - フィッシュを泳がせていた
砂浜では割れたガラスが / 気づかないうちに足を切るのが楽しみだった / 大人たちが騒ぐのが何より嫌いだった / 一度潜ると / 少女が不安で泣きだすまで / 顔をださなかった
少女はいつも海に焦がれた / 呼んでも姿をみせない少年 / それが性である不安な少女は / 砂浜よりも岩場が好きだった / 石英の欠片が柔らかい足音に / 傷をつけるのが何よりこわかった / 少年はいつも / 皮の靴と麦わらの帽子を / 少女に贈った / 幾度か / 少女が帽子をなくすと / その度に少年は / ふたたび帽子を贈った
嬉しくて哀しくて / その度に少女は帽子をなくした / 少女は少年に叱ってほしかったのだ / 少年は一度もおこらなかった / ただかなしそうに首を振るだけだった
いつのまにか少女は少年よりも泳ぐのが上手くなっていた / 母親譲りの長く豊かな髪をいつも濡らしていた
傷つきやすい太陽が / 壊れやすい海岸で / 少年は唇で / 少女の髪をすくう / 潮騒の歯に塩の結晶が浮かぶ

僕らの言葉は稚拙で盲目的だが、未完成の条件だ

2016年4月30日　初版第1刷発行

著者　竜大介(りゅうだいすけ)

発行者　神保茂

編集・発行所　書肆神保堂
〒807-0825　福岡県北九州市八幡西区折尾四丁目31-6-107
TEL 050-5539-9499　FAX 050-3730-8222
ISBN 978-4-9908754-0-4　C0092
Printed in Japan

印刷　グラフィック